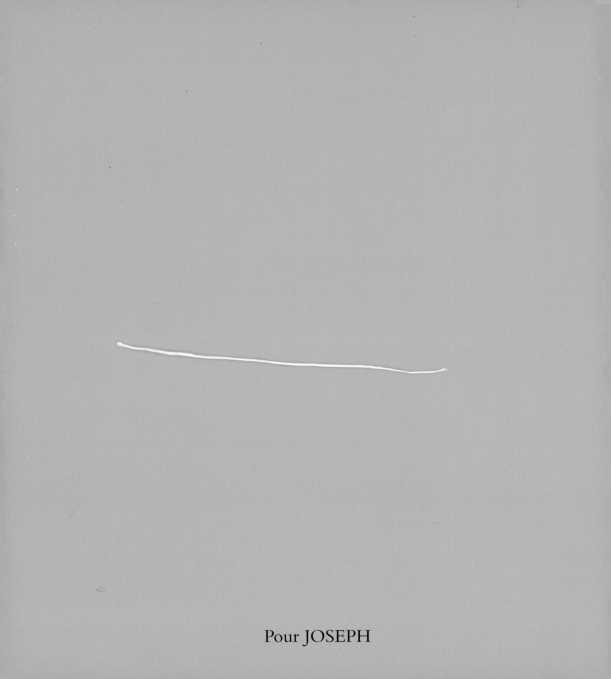

Pour JOSEPH

Hugo dit des gros mots !

Conception : Émilie Beaumont

Texte : Ann Rocard

Images : Sophie Ledesma

EDITIONS FLEURUS

GROUPE FLEURUS, 15-27 rue Moussorgski, 75018 PARIS

www.editionsfleurus.com

Hugo a trois grands frères
qui connaissent des tas de gros mots.
Des mots du tonnerre,
des mots terribles...
et Hugo les répète :
– Caca pouet pouet !
Il les crie à tue-tête.

Quand la maîtresse demande :
- Où sont les cahiers ?
Hugo répond :
- Les cacahiers sont aux cacabinets.
Et toute la classe éclate de rire :
- Ah, ah ! Oh, oh ! Bravo, Hugo !
Quelle calamité !

Quand la maîtresse montre
un oiseau noir et blanc, dans la cour :
– Qu'est-ce que c'est ?
Hugo répond :
– Une pipie sur un pipiquet.
Et toute la classe éclate de rire :
– Ah, ah ! Oh, oh ! Bravo, Hugo !
Quelle calamité !

Même en coloriant un grand bateau,
Hugo chantonne :
– Pipi caca boudin,
j'aime bien mon dessin.
Je suis le cacapipitaine Hugo !
Crotte de bique et cacahuète,
moi, j'ai des gros mots plein la tête.

La maîtresse en a assez.
Elle a tout essayé pour que Hugo
arrête de dire des gros mots.
En plus, c'est contagieux !
Tous les enfants de la classe
font pareil :
– Crotte de bique et cacahuète,
on a des gros mots plein la tête !
Quelle calamité !

Alors la maîtresse annonce :
– Maintenant, je vais parler
comme Hugo.
Et elle commence à raconter
une histoire bizarre :
– Il était une fois un gagalagogo
qui karchipissait des krotokarssipos.
– On ne comprend rien,
ronchonne Romain-le-coquin.

Marie-qui-rit lève le doigt :
- Le galago, c'est un singe. Mais le
gagalagogo, je ne le connais pas.
Et Hugo roule des yeux tout ronds :
- Ce ne sont pas de vrais gros mots.
- Bien sûr que si ! dit la maîtresse.
Des gros mots très compliqués
de grandes personnes.

Et la maîtresse ajoute :
- Hugo, à ton tour !
Continue de raconter mon histoire.
Kokodac kokorikoko ?
Tout le monde t'écoute.
Mais Hugo ne dit plus un mot.
Pas même un gros mot.

Soudain la maîtresse propose :
– Et si on inventait
de drôles de mots ?
De faux gros mots... D'accord ?
– D'accord ! s'écrie Marie-qui-rit.
– D'accord, dit Romain,
et puis une vraie histoire,
une histoire pas trop bizarre.

Totoréador !
Popolochon et Garatribord !
Crotte de bique à ressort !
Les drôles de mots s'envolent
et se posent sur le tableau.
Hugo hoche la tête
et il finit par mumurer :
– Gagalagogo,
c'est vraiment mon préféré !

ISBN : 978-2-215-06928-7
© Groupe FLEURUS, 2003.
Dépôt légal à la date de parution.
Conforme à la loi N° 49-956 du 16 juillet 1949
sur les publications destinées à la jeunesse
Imprimé en Italie. (01/07)